AF198664

Monja Schneider

LIEBER ROTWEIN ALS TOT SEIN

Cover: Schneider

Grafiken: http://www.clker.com/ Free cliparts

Fotos im Innenteil: © M. Schneider

Herstellung und Verlag:

BoD - Books on Demand, Norderstedt

ISBN 9783744882453

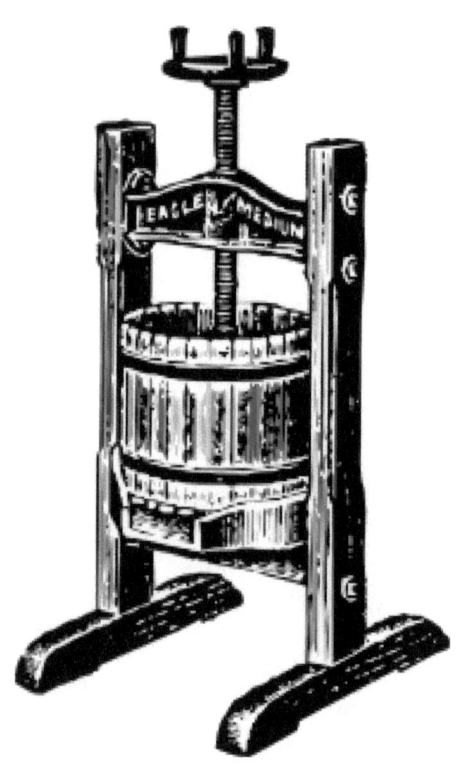

Lieber Rotwein als tot sein

Ich betrete das Büro des Schriesheimer Stadtarchivs. Seit uns der Archivar in einem Volkshochschulkurs das Studieren alter Handschriften gelehrt hat, ist es zu meinem Hobby geworden, ihm zu helfen, sie in den Computer einzugeben. Doch heute ist das Zimmer leer, Peter ist nicht da. Auf dem Schreibtisch steht eine kleine Flasche Schriesheimer Spätburgunder Rotwein. Ein Notizzettel klebt daran:

'Liebe Claudia,

ich musste heute früher gehen, ich habe noch eine wichtige Sitzung. Anbei ein kleiner Trost. Und ich habe Dir heute auch eine ganz besondere Akte herausgesucht. Viel Spaß!'

Peter ist wirklich ein Netter! Den Rotwein werde ich mir schmecken lassen. Aus dem Schrank hole ich mir ein Glas und schenke ein. Auf dem Schreibtisch liegt eine schlichte graue Mappe, eingebunden in Aktenschnüre, wie alle anderen. Sie sieht nicht sehr spektakulär aus. Die heutige Zeitung hat Peter mir auch hier gelassen. Während ich den Wein genieße, blättere ich sie durch. Doch ich kann mich nicht darauf konzentrieren. Immer wieder wandern meine Gedanken zu der Mappe. ‚Archiviert 1837' steht darauf. Die Zeitung wandert in den Papierkorb. Es steht doch sowieso nur immer das Gleiche darin: Mord, Raub, Korruption, Intrige. Nichts als Skandale, Unglück und Verbrechen. Die Mappe und ihr Geheimnis ziehen mich viel mehr an. Vorsichtig löse ich die Schnüre. Staubflocken bedecken die Blätter. Ich öffne das Fenster und befördere den Dreck hinaus. Nah am Rathaus fließt der Kanzelbach. Das Plätschern und Gurgeln, das Donnern des nicht weit entfernten Rades der

historischen Ölmühle, scheint als Hintergrund-
musik wie geschaffen. Ich nehme Platz und sor-
tiere die Aufzeichnungen. Schnell ist der Compu-
ter eingeschaltet und ich mache mich daran, die
Buchstaben zu entziffern:

„Im Jahre unseres Herrn (15…), am 8. Tag
des Nebelung, geschrieben in Schriesheim, dem
Ort des Geschehens, in der Amtsstube des Schultheißen, durch Meinhard von Obernberg, Schreiber des Kaisers.

Im Falle der Vorwürfe gegen den Kurfürsten
wurde eine Befragung des Constantin von Blankenhagen angeordnet, die der genannte ehrenwerte Schreiber an dem genannten Ort durchführte.
Sie wurde wie folgt festgehalten:

„Constantin von Blankenhagen, Ihr seid der Sohn des kurfürstlichen Heerführers Carl von Blankenhagen. Ihr selbst steht in Diensten des Fürsten?"

„Ich war Hauptmann der Schlosswache, galt als sein Günstling. Doch das ist vorbei."

„Warum?"

„Ich musste meinen Dienst niederlegen, nachdem ich Beweise dafür gefunden hatte, dass der Kurfürst in dunkle Machenschaften verwickelt war."

„Berichtet von Anfang an. Es begann damit, dass Ihr im Heumond vom Fürsten nach Schriesheim geschickt wurdet?"

„Der Pfarrer des Ortes kam an den Hof und meldete, dass in Schriesheim ein Mord geschehen sei. Einer der Ratsherren war tot in seinem Weinberg gefunden worden. Die Bevölkerung hatte den Mörder aufgespürt und bat nun um ein Urteil, da Schriesheim keine eigene Blutgerichtsbarkeit besitzt."

„Aber der Kurfürst zweifelte …"

„Auch der Pfarrer glaubte nicht an die Schuld des Bierbrauers."

„Des Bierbrauers? Ich dachte, Schriesheim sei berühmt für seine Weine?"

„Das ist es auch. Umso störender die Brauerei, umso verdächtiger der Brauer. Der Pfarrer schilderte mir, dass dieser im Frühjahr des Jahres im Ort aufgetaucht sei und am Bachlauf des Kanzelbaches, weit im Tal, fernab der anderen, selbst fernab der vielen Mühlen, seine Brauerei aufbauen ließ. Von Anfang an galt er als Sonderling. Aber der Pfarrer hielt ihn für harmlos, obwohl seit seiner Ankunft einige seltsame Dinge geschehen waren."

„Seltsame Dinge?"

„Es gibt im Schriesheimer Tal einen alten Bergwerkstollen. Die Förderung des Silbers wurde vor etlichen Jahrzehnten eingestellt, da nicht mehr genug gefördert wurde. Doch die Alten behaupten, es hätte in dem Stollen gespukt, die Bergleute hätten zu tief gegraben und den Geist des Berges aufgeweckt. Seit der Brauer im Ort sei, würden die Geister den Stollen nächtens verlassen. Ehrenwerte Bürger hätten Lichter in der Dunkelheit gesehen. Der Müller der nächstgelegenen Mühle sprach von schaurigem Geheul, das ihn nicht schlafen ließ."

„Ihr spracht von mehreren seltsamen Geschehnissen."

„Das nächste Unglück war der tödliche Unfall der beiden Kinder in der Nähe des alten Bergwerks. Sie schienen auf den Felsen über dem Stolleneingang geklettert und herabgestürzt zu sein. Schon damals war der Aufruhr in Schriesheim groß, alle machten den Bierbrauer verantwortlich. Aber das war völlig absurd, er hätte nicht den geringsten Grund gehabt, die Kinder umzubringen. Dem Schultheißen gelang es schließlich, die Bürger zu beruhigen. Alles deutete auf einen Unfall hin, das sah schließlich der Letzte ein. Wie sich leider herausstellte, war es keiner."

„Darauf werden wir später zurückkommen. Gab es noch weitere seltsame Ereignisse?"

„Nur noch diesen Mord. Der Ratsherr wurde mit seinem Winzermesser umgebracht, mehrere Stiche in die Brust. Außerdem hatte er Kratzer und Schürfwunden an den Armen und im Gesicht, was auf einen Kampf schließen ließ."

„Langsam, schön der Reihe nach. Der Pfarrer kam mit der Kunde des Mordes, der Kurfürst sandte Euch nach Schriesheim. Ihr gingt aber nicht alleine."

„Mein jüngerer Bruder Christian begleitete mich. Meine Mutter bat mich inständig, ihn mitzunehmen. Er hatte am Hof, nun, gewisse Begegnungen mit diversen Damen ..."

„Der Grund dafür tut nichts zur Sache. Wusste der Kurfürst davon?"

„Ich ging davon aus, dass Vater mit ihm gesprochen hatte."

„Aber Ihr wusstet es nicht?"

„Nein. Ist das so wichtig?"

„Was wichtig ist, bestimme ich!"

„Ich habe ihn nicht gerne mitgenommen."

„Das ist völlig gleichgültig. In Schriesheim gabt Ihr Euch nicht zu erkennen, nahmt unter falschem Namen ein Zimmer?"

„Wenn die Leute einen Gesandten des Fürsten vor sich haben, reden sie nicht offen. Nur der Pfarrer und der Schultheiß wussten, wer ich bin."

„Und dazu musstet Ihr im teuersten Gasthaus des Ortes ein Zimmer nehmen?"

„Das Gasthaus zur Sonne erschien mir bestens geeignet. Es liegt am Marktplatz, schräg gegenüber des Rathauses, im Mittelpunkt des Ortes. Der Pfarrer, der Schultheiß, alle wichtigen Männer gehen dort ein und aus. Dessen ungeachtet ist es meinem Stand angemessen, dort zu wohnen."

„Ihr seid nach Eurer Ankunft umgehend zum Schultheißen?"

„Selbstverständlich. Er ist der vom Kurfürsten ernannte Verwalter des Ortes. Außerdem musste ich ihn um eine Möglichkeit bitten, den Toten zu begutachten."

„Und die bekamt Ihr?"

„Nach etlichen Bechern Wein, ja. Dafür musste ich mir über drei Stunden das Gejammer anhören."

„Gejammer? Worüber?"

„Die Bewohner Schriesheims hatten eine Heidenangst vor den Gespenstern. Manche wagten sich nicht mehr auf die Felder und in die Weinberge. Der Holzhandel kam zum Erliegen, weil niemand die Wälder betreten wollte. Alle Mühlen im Tal standen so gut wie still. Die Wirtschaft des Ortes brach zusammen, es flossen keine Steuern ins Amtssäckchen. Und bald hätten sie auch nichts mehr an den kurfürstlichen Hof liefern können. Es ist schon erstaunlich, was Aberglaube anrichten kann."

„Ihr glaubt nicht an Geister?"

„Nein!"

„Und Ihr habt dem Schultheißen Hilfe versprochen?"

„Ja, sonst würde ich noch heute dort sitzen. Ich gab mein Wort, Nachforschungen anzustellen, sobald der Mord aufgeklärt sein würde."

„Ohne den Kurfürsten zu fragen?"

„Wenn der Kurfürst meine Meldung, die täglich vom Boten des Schultheißen nach Heidelberg gebracht wurde, gelesen hätte, hätte er es gewusst. Außerdem spielt es keine Rolle, denn das eine hat sich mit dem anderen aufgeklärt."

„Aber das konntet Ihr im Vorfeld nicht wissen."

„Nein, natürlich nicht."

„Wo war der Bierbrauer zu der Zeit?"

„Im Kerker des Turms."

„Er wurde dort festgehalten, obwohl es nicht den geringsten Beweis für seine Schuld gab? Ihr habt nicht dafür gesorgt, dass er freigelassen wird?"

„Es geschah zu seinem eigenen Schutz. Ein Messer ist schnell gezückt, in der Dunkelheit ..."

„Wie Ihr am eigenen Leib erfahren musstet …
Euer Bruder, wo war er?"

„Ich hatte ihn ins Zimmer eingeschlossen."

„Warum?"

„Christian ist in einem Alter, in dem er kein
Kind mehr ist, aber auch noch nicht erwachsen
genannt werden kann. Ich wollte verhindern, dass
er zu viel trinkt und plaudert. Außerdem hat er
schon bei unserer Ankunft der Tochter des Wirts
schöne Augen gemacht."

„Später hat er Euch in die Gaststube
begleitet?"

„Ich bin kein Unmensch! Ich konnte ihn nicht
ewig einsperren."

„Ihr nahmt also das Wagnis auf Euch, Euren
Bruder mitzunehmen und gefährdetet damit die
Untersuchungen?"

„Ich denke nicht, dass es eine Gefahr …"

„Nahmt Ihr ihn mit, ja oder nein?"

„Ja …"

„Was geschah dann?"

„Wir gingen hinunter und bestellten unser
Abendessen. Nach dem Essen luden uns die Ein-

heimischen am Nebentisch zu sich ein. Fremde, die von der großen Welt berichten, sind immer gerne gesehen."

„Euch und Euren Bruder?"

„Ja."

„Ihr wusstet, dass Euer Bruder gerne trinkt und plaudert, aber Ihr gestattetet ihm, sich mit an den Tisch zu setzen?"

„Mein Bruder ist nicht töricht! Ich hatte ihm eingeschärft, dass niemand erfahren darf, wer ich bin. Außerdem saß ich daneben und hätte jederzeit eingreifen können."

„Ihr habt ihn in einen geheimen Auftrag eingeweiht?"

„Ja! Warum ist das wichtig? Ich dachte, ich soll über die Geschehnisse, die mit dem Mord im Zusammenhang stehen, berichten."

„Fahrt fort …"

„Wir unterhielten uns ein wenig mit den Einheimischen, und ich fragte beiläufig nach dem Ermordeten. Sie erzählten, dass der tote Ratsherr nicht sonderlich beliebt gewesen war. Er schnüffelte herum und mischte sich in fremde Angelegenheiten ein. Doch als ich in die Runde fragte, ob es möglich sei, dass ein anderer ihn ermordet habe, fielen sie fast über mich her. Der Bierbrauer sei an allem Schuld. Seit er im Ort sei, gäbe es nur Unglück und Unfrieden. Ganz sicher sei er ein Verbrecher, warum sonst war er nicht in seiner Heimat geblieben, wie jeder Anständige? Er sei kein guter Christenmensch, sonst würde er in den Gottesdienst kommen. Womöglich sei er gar Katholik."

„Und was war von all den Gerüchten wahr?"

„Außer, dass er wirklich katholisch ist, nicht viel. Ich konnte am nächsten Morgen mit ihm sprechen, Ursprünglich kommt er aus Mossautal. Er hatte nicht schlecht gelebt, aber dann wurde seine Frau krank, er hat Unsummen für Medizin ausgeben müssen. Seine Frau ist trotzdem gestorben. Er konnte die Steuern nicht mehr bezahlen und wurde schließlich in den Schuldturm gesperrt."

„Und wie kam er nach Schriesheim?"

„Ein Kaufmann aus Frankfurt übernahm die Schulden für ihn und bot ihm in Schriesheim einen Neuanfang. Die Brauerei, das Haus, all das gehört dem Kaufmann. Der Brauer nahm das Angebot an. Was hätte er auch tun sollen? Er wäre im Schuldturm kläglich umgekommen. Nach und nach sollte er die Schulden mit Zins zurückzahlen, dazu noch die jährliche Pacht."

„Das Gespräch hat Euch nicht weiterge-
bracht?"

„Nein, kein Stück. Auch all die anderen nicht,
die ich an diesem Morgen führte. Ich ging im Ort
spazieren, vom Heidelberger Tor bis zum
Badhaus …"

„Ihr wart am Badhaus? Habt Ihr es nicht be-
sucht? Bader sind die gesprächigsten Leute in einem solchen Ort. Und sie erfahren alles, das
müsstet Ihr doch wissen."

„Mit Christian in ein öffentliches Badhaus?
Das hieße ja, den Bock zum Gärtner machen.
Mutter würde mich erschlagen. Ihr wisst sicherlich, dass man den Mägden des Baders nachsagt,
dass sie nebenbei einem bestimmten Gewerbe
nachgehen."

„Aus Rücksicht auf Euren Bruder habt Ihr
also eine so wichtige Gelegenheit ausgelassen,
Hinweise zu bekommen? Und Ihr findet das auch
noch amüsant? … Ihr schweigt?"

„Was erwartet Ihr zu hören? Ich war nicht im
Badhaus, das ist richtig. Aber Christian war nur
einer von vielen Gründen. Ich hatte am Marktplatz schon etliche Bürger befragt, Alte und Junge. Sie waren sich einig, dass nur der Brauer diesen Mord verübt haben konnte. Warum, das

konnte keiner sagen. Keiner wollte etwas Ungewöhnliches bemerkt haben. Ich hatte am Abend zuvor schon einige der wichtigsten Männer des Ortes angehört. Mehr hätte ich vom Bader sicherlich nicht erfahren. Uns fehlte auch die Zeit, der Schultheiß hatte uns zum Mittagsmahl eingeladen."

„Was tatet Ihr nach dem Mahl?"

„Ich fragte den Schultheißen nach der genauen Lage des Weinbergs und beschloss, dorthin zu reiten."

„Die ganze Zeit über begleitete Euch Euer Bruder?"

„Ja."

„Weil Ihr Angst hattet, er könne sich und Euch verraten?"

„Nein, ganz sicher nicht! Er wollte mich begleiten, freiwillig, aus Neugierde. Und es hat sich ja als durchaus nützlich erwiesen, dass ich nicht alleine war."

„Ihr hattet keine Angst, dass es auffällig sein könnte, wenn zwei vornehme junge Männer müßig in solch einem kleinen Ort weilten und Fragen stellten?"

„So vornehm wirkten wir gar nicht. Heutzutage trägt doch jeder dahergelaufene Kaufmannssohn Dolch und Rapier. Das einzig Ungewöhnliche, das ich bei mir trug, war die Faustfeuerwaffe nach neuester Bauart. Vater hat sie mir zu meinem fünfundzwanzigsten Geburtstag geschenkt. Keiner am kurpfälzischen Hof hat eine vergleichbare."

„Ihr seid also in die Weinberge …"

„Richtig. Schriesheim liegt am Rand der Rheinebene, schmiegt sich an die Hänge des vorderen Odenwaldes. Weit hinauf sind Reben gepflanzt, wir mussten für das letzte Stück absteigen und unsere Pferde am Zügel mitführen. Doch der Aufstieg hat sich gelohnt. Man hat von dort einen herrlichen Ausblick bis hinüber zu den Bergen der Haardt. Den Dom zu Speyer kann man sehen und viele Jagdschlösser des Kurfürsten. Durch all das zieht sich das glänzende Band des Rheins. Auch ein Stück des Neckars ist zu erkennen."

„Hat sich der Aufstieg auch bezüglich des Mordes gelohnt?"

„Ja, wir konnten an abgeknickten und zerbrochenen Reben erkennen, wo der Ratsherr gelegen hatte. Die Blätter und das Gras waren noch immer blutverschmiert. Weitere Hinweise schien es nicht zu geben. Wir wollten uns schon umwenden, als ich an einem Rosengebüsch, das den Weinberg vom nächstgelegenen trennt, ein Stück Stoff entdeckte. Irgendjemand schien in den Dornen hängengeblieben zu sein und sich die Kleidung zerrissen zu haben. Ich steckte es ein, aber einen deutlichen Hinweis auf den Mörder fanden wir nicht."

„Und dann?"

„Wir machten uns auf den Weg zur Brauerei."

„Was habt Ihr dort vorgefunden?"

„Wir sind gar nicht so weit gekommen. Auf unserem Weg durch das Tal erblickte ich zu meiner Linken dieses alte Bergwerk. Ich entschied, zuerst dorthin zu gehen."

„Warum?"

„Ich kann es nicht sagen. Es war einfach ein Gefühl, das mich dorthin getrieben hat, mein Instinkt vielleicht. Offenbar hatte ich zu oft von dem Tod der beiden Kinder gehört. Oder ich wollte mir die Geister einmal bei Tageslicht ansehen."

„Ließen sie sich sehen?"

„Nicht auf den ersten Blick, der Stollen wirkte verlassen. Das niedergetrampelte Gras und die geknickten Äste hätten auf den ersten Blick von jenen spielenden Kindern sein können. Aber dann entdeckte ich, dass einige Zweige frisch gebrochen waren. Wir tasteten uns in das Innere des finsteren Stollens vor."

„Und?"

„Es wurde recht bald wieder hell. Ein etwas breiterer Stollen war mit Fackeln ausgeleuchtet, er mündete in eine kleine Halle."

„Weiter, macht es nicht so spannend."

„Der Müller der nahe gelegenen Mühle und zwei seiner Burschen arbeiteten dort. Als sie uns erblickten, sind sie gleich auf uns losgestürzt. Es war gar nicht so leicht, sich gegen die drei zur Wehr zu setzen, diese Müllerburschen sind wirklich stark. Und sie waren zu dritt. Erst als ich es geschafft hatte, dem Müller meine Feuerwaffe in den Bauch zu drücken, gaben sie auf. Ich befahl Christian, sie zu fesseln und schickte ihn in den Ort zurück, um die Wache zu holen."

„Warum glaubt Ihr, sie hätten etwas Unrechtes getan? Was arbeiteten sie dort?"

„Sie hatten sich bereits dadurch verdächtig gemacht, dass sie uns angegriffen haben. Hätten sie ein reines Gewissen gehabt, wäre das nicht nötig gewesen. Was genau sie arbeiteten, konnte ich nicht erkennen, aber überall waren Kisten gestapelt."

„Was hat das nun wieder mit alledem zu tun?"

„Während ich die Drei bewachte, habe ich sie ausgefragt. Der eine Bursche sagte kein Wort, ein schlangenhafter Kerl mit dunklen Haaren und Augen, die mich eiskalt anstarrten. Ich fragte mich, warum? Ob ich es mir im Dämmerlicht nur einbildete? Hätte ich diese Vorahnung nur nicht so leicht abgetan …"

„Was war mit dem anderen Burschen?"

„Der war ein wenig einfältig, hat nur herumgestammelt."

„Hat er sich vielleicht mit Absicht dumm gestellt?"

„Das glaube ich nicht, er hat vor Angst feuchte Hosen bekommen. Der Müller hat schließlich mit einigem Nachdruck meinerseits gestanden, mit einem Frankfurter Kaufmann gemeinsame Sache gemacht zu haben. Die hessische Grenze ist nah. In den Kisten stapelte sich Schmuggelware. Ebbelwoi in der Kurpfalz, Ebbelwoi in Schriese, stellt Euch das vor!"

„Wie meinen?"

„Apfelwein aus Hessen, ein Frevel, so etwas nach Schriesheim und in die Kurpfalz zu schmuggeln. Durch diesen Schmuggel entstanden auch die Lichter in der Nacht und das Gerücht über schauriges Geheul, das der Müller gestreut hatte."

„Damit war zumindest das Problem mit den Geistern aus der Welt …"

„Ich erreichte noch mehr. Es war nur ein Versuch, als ich ihn fragte, warum er den Ratsherren umgebracht hatte. Er wurde leichenblass. Das war Antwort genug, auch wenn er hartnäckig schwieg. Selbst als ich ihm den Stofffetzen aus dem Weinberg zeigte, der dem Stoff seiner Hose verdächtig glich, redete er nicht. Christian und die Wache kamen, die drei wurden abgeführt. Die Müllerburschen wurden aber bald wieder freigelassen."

„Wie ging es dann weiter?"

„In einem kleinen Ort wie Schriesheim sprechen sich Neuigkeiten schnell herum. Noch ehe wir beim Rathaus angekommen waren, wussten die Bürger, was der Müller getan hatte und versammelten sich am Marktplatz vor dem Amtsgebäude. Sie waren natürlich völlig aufgebracht. Der Brauer schien vergessen. Das Gerücht, dass ich ein Gesandter des Fürsten sei, hatte sich verbreitet. Plötzlich gab es genug Zeugen, die erzählten, dass die Frau des Müllers immer genörgelt hätte, weil das Geld nie reichte, für die sieben Kinder; dass der Müller in letzter Zeit sehr seltsam gewesen sei und vor allem, dass sie einen Streit zwischen dem Ratsherren und dem Müller gehört hätten. Auf dem Nachhauseweg vom Wirtshaus sei das gewesen. Zwei Tage später hatte man den Ratsherren tot aufgefunden, Dass zwei eilig losgeschickte Reiter eine zerrissene Hose im Nähkorb der Müllerin fanden, die haargenau zu dem Stofffetzen passte, war nur noch eine letzte Bestätigung."

„Der Müller gab es schließlich zu?"

„Das tat er. Der Ratsherr hatte herausgefunden, was im Stollen geschah und gedroht, den Müller zu verraten."

„Und dafür musste er sterben?"

„Dafür musste er sterben."

„Ihr habt den Mord innerhalb eines Tages aufgeklärt – meinen Glückwunsch, Constantin von Blankenhagen!"

„Ich danke Euch."

„Warum seid Ihr dann nicht sofort an den kurfürstlichen Hof zurückgekehrt?"

„Nun … die Bürger wünschten, dass ich noch ein paar Tage blieb. Die Gespenster waren verschwunden, das musste gefeiert werden. Christian und ich sollten Ehrengäste sein. Auch das hatte ich dem Kurfürsten gemeldet."

„Das war nicht der einzige Grund!"

„Nein … ich wollte mehr über diesen Kaufmann herausfinden. Beide, der Brauer und der Müller, hatten von ihm gesprochen. Nach ihrer Beschreibung musste es sich um denselben Mann handeln."

„Und Ihr dachtet nicht ein einziges Mal daran, den Kurfürsten um Erlaubnis zu fragen? Ihr dachtet nicht darüber nach, dass Frankfurt weit außerhalb des Herrschaftsgebiets des Fürsten liegt?!"

„Dieser Mann hat ohne Rücksicht auf die Bürger des Ortes gehandelt, er hat brave Menschen zu Verbrechern gemacht und ihre Schwächen schamlos ausgenutzt. Er hat billigen Fusel in einen Weinort und in die Kurpfalz geschmuggelt. Ihm musste das Handwerk gelegt werden!"

„Habt Ihr mit jemandem über Eure Pläne gesprochen?"

„Nur mit Christian. Ich wollte ihn zurück nach Heidelberg schicken, er mich nach Frankfurt begleiten. Wir bekamen Streit und wurden etwas lauter. Ich fürchte, wir wurden belauscht."

„Warum?"

„Das Fest ging bis tief in die Nacht. Irgendwann einmal habe ich den Ratssaal verlassen, ich brauchte frische Luft. Das Lachen und die Musik der Festgesellschaft klangen über den gesamten Marktplatz. Vermutlich habe ich ihn deshalb nicht bemerkt."

„Diesen Fremden?"

„Ja! Ich erfrischte mich mit dem klaren Wasser des Brunnens. Plötzlich nahm ich eine Bewegung hinter mir wahr. Blitzschnell wandte ich mich um, konnte gerade noch ausweichen, als er mit seinem Dolch zustieß. Er traf nur meinen Arm, doch ich strauchelte, mein Kopf schlug an den Rand des Brunnens. Noch während des Fallens zog ich ebenfalls meinen Dolch und stach zu."

„Ihr habt Euren Gegner verletzt?"

„Ich konnte davon ausgehen, ja. Das nächste, woran ich mich erinnern kann, war das Gesicht meines Bruders, der sich über mich beugte. Für einen kurzen Moment glaubte ich, Sorge in seinen Augen zu erkennen. Aber das muss eine Sinnestäuschung gewesen sein, einen Augenblick später grinste er wieder schelmisch. Christian macht sich nie Sorgen."

„Was macht Euch so sicher, dass Ihr diesen Fremden verletzt habt?"

„Nun, mein Dolch war blutig. Versteht Ihr, dass ich nach Frankfurt gehen musste? Dieser Kaufmann hatte einen Mörder auf mich angesetzt! Wenn dieser Zunftmeister auf dem Fest nicht ein dringendes Bedürfnis gehabt und das Rathaus verlassen hätte, wäre ich nicht mehr unter den Lebenden. Der Fremde hätte sein Werk vollendet, wenn er nicht gestört worden wäre."

„Wie konntet Ihr sicher sein, dass der Anschlag damit zusammenhing? Ihr habt Euch schon viele Feinde gemacht …"

„Ich war mir sicher. Und ich habe das dem Kurfürsten auch in einer weiteren Meldung dargelegt. Ich saß mit meiner Verwundung tagelang in Schriesheim fest, es kam kein Befehl, dass ich zurückkehren müsse."

„Ihr seid also nach Frankfurt gereist, obwohl Ihr keine Botschaft des Kurfürsten erhalten hattet?"

„Ja!"

„Und Euer Bruder begleitete Euch?"

„Ja!"

„War Eure Suche erfolgreich?"

„Nun, ich wurde gefunden …"

„Wie das?"

„In Frankfurt bezogen wir ein Zimmer in einem Gasthaus. Ich wanderte den ganzen verbleibenden Tag durch die Stadt."

„Alleine?"

„Ja. Ich hatte Christian dieses Mal eisern in das Zimmer gesperrt. Meine Gegner schreckten in keiner Weise vor Gewalt und Mord zurück. Ich wollte das Leben meines Bruders nicht gefährden."

„Ihr seid also planlos durch die Stadt?"

„Nicht planlos; ich bin durch die Geschäftsviertel gewandert und habe mich dort umgehört. Abends saß ich dann gedankenverloren in der Gaststube. Ich war todmüde, die Wunde war noch nicht so gut verheilt, wie ich es gerne gehabt hätte."

„Und?"

„Ich weiß es nicht mehr. Ich muss gestehen, dass ich keine Acht hatte, wer mir den Wein servierte. Er muss ein Schlafmittel enthalten haben.

Als ich erwachte, lag ich in einer stickigen, fensterlosen Kammer."

„Ihr habt einen Fehler gemacht, der Euch das Leben hätte kosten können."

„Das ist so in meinem Stand. Ob im Gefecht oder bei einem geheimen Auftrag, der kleinste Fehler kann tödlich sein."

„Und wie kommt es, dass Ihr noch unter uns weilt?"

„Irgendwann öffnete sich die Tür ein Kerl packte mich, hielt mir einen Dolch in den Rücken und zwang mich vorwärts. Ich konnte mich nicht wehren, zumal sie mir meine Waffen abgenommen hatten. Außerdem schien dieser Lump genau zu wissen, wo meine Wunde war. Er drückte so fest auf meinen Arm, dass mir schwarz vor Augen wurde."

„Konntet Ihr ihn erkennen?"

„Nein, zuerst nicht. Er hielt sich immer hinter mir."

„Und dann?

„Er führte mich in einen prächtig ausgestatteten Raum. Es dauerte einige Augenblicke, bis sich meine Augen an das Licht, das durch das Fenster fiel, gewöhnt hatten. Ein schon etwas älterer, gleichwohl rührig wirkender Mann saß hinter einem Schreibtisch. Ich wusste sofort, dass ich dem Kaufmann gegenüberstand. Er war überfreundlich, bot mir einen Sessel und etwas Wein an. Den Wein lehnte ich hochmütig ab, aber den Sitz musste ich annehmen, mir war immer noch übel. Meine Waffen auf dem Schreibtisch nahm ich nur durch einen Schleier wahr. Sie waren unerreichbar, noch immer stand dieser andere hinter mir, ich fühlte seinen Dolch jetzt an meinem Hals. Nur als es an der Tür klopfte und eine junge Frau den Kopf hereinsteckte, ließ er ihn sinken. Er sei immer noch in einer wichtigen Unterredung, sagte der Kaufmann zu ihr, und sie verließ den Raum wieder. Dann fingerte er an meinen Waffen herum, wog sie in der Hand. Ich konnte nur innerlich fluchen. Ich wusste auch ohne seine Bekundungen, dass sie prächtig sind. Warum ich ihn suchen würde, fragte er mich schließlich. Da kochte mein unterdrückter Zorn über. Ob er sich das nicht denken könne, erwiderte ich. Schmuggelei sei ein Verbrechen, aber das sei noch nicht einmal das Schlimmste! Menschen seien seinetwegen tot! Ich hätte nach seinem Willen ebenfalls tot sein sollen. Er leugnete es nicht einmal, er lachte mich aus. So sei es im Leben, nur der Starke, Listige komme weiter. Nur so hätte er sich seinen Reichtum aufgebaut. Ganz sicher nicht mit anständiger Arbeit. Der Bierbrauer wäre ein schönes Beispiel. Trotz jahrelanger ehrlicher Arbeit war er ruiniert gewesen. Nur mit des Kaufmanns Hilfe hätte er überlebt und Nutzen davon, dass er ihm, dem Kaufmann, einen Grund gab, öfter einmal in Schriesheim aufzutauchen. Und das alles ohne Wissen und schlechtem Gewissen. Wenn man das beiseite lasse, könne man noch viel mehr erreichen. Ob ich wissen wolle, wie aus einem einfachen Müllerburschen ein Mann werden konnte, dem ein sorgenfreies Leben sicher war? Der andere trat von hinten an meine Seite. Mit

einem Mal wusste ich, wer er war: der Bursche aus dem Stollen, der mich derart kalt angeblickt hatte. Er war der Mittelsmann des Kaufmanns in Schriesheim gewesen. Der Kerl begann zu erzählen, wie er die Kinder umgebracht hatte, nur weil sie im Stollen gespielt hatten. Der Lump war auch noch stolz darauf. Fast unerträglich schien es mir, die Beherrschung bewahren zu müssen. Doch sein Dolch war meinem Hals zu nah. Kein Zweifel, er hatte den Anschlag auf mich verübt, zumal sich eine breite Narbe über seine Wange zog. Er würde es genießen, den Fehlschlag wieder gut zu machen, das sah ich in seinen Augen. Ich würde nicht mehr lange leben. Und bis dahin würde er mir alle erdenklichen Schmerzen zufügen."

„Ihr hattet Euch auf den Tod eingestellt, obwohl Eure Waffen so nahe waren?"

„Jede falsche Bewegung wäre mein sofortiges Todesurteil gewesen. Aber ein Schatten am Fenster gab mir Hoffnung."

„Ein Schatten am Fenster?"

„Ja, zuerst erkannte ich selbst nicht, was es war. Dann schlug er die Scheibe ein und sprang ins Zimmer. Christian ist ein hervorragender Fechter, der beste seines Jahrgangs. Er konnte den Kaufmann ohne Mühe überwältigen."

„Christian?"

„Mein kleiner Bruder Christian. Er hat mir mit seinem Ungehorsam das Leben gerettet. Von oben hatte er beobachtet, als sie mich aus der Gaststube brachten, ist aus dem Fenster geklettert und ihnen bis zum Haus des Kaufmanns nachgeschlichen. Dort hat er zuerst ein Dienstmädchen, dann die Tochter des Hauses mit seinem Charme umworben und sie gebeten, ihm zu helfen."

„Und das hat sie getan? Gegen ihren Vater?"

„Offensichtlich. Das Mädchen ist wirklich mutig."

„Und dieser andere, was wurde aus ihm?"

„Der war natürlich ebenfalls völlig überrascht vom Auftauchen Christians. Das gab mir Gelegenheit, nach meinem Rapier zu greifen. Er flehte sehr schnell um Gnade."

„Die beiden waren überwältigt, Ihr habt einen Diener mit dem Befehl losgeschickt, die Stadtwache zu rufen. Während des Wartens habt Ihr die Papiere des Kaufmanns durchgesehen. Was habt Ihr alles vorgefunden?"

„Die Papiere sind zu den Akten gekommen. Es würde zu weit führen, sie aufzuzählen. Der Vertrag mit dem Kurfürsten ist ja auf rätselhafte Weise verschwunden."

„Der Vertrag, in dem geschrieben stehen soll, dass der Fürst dem Kaufmann die Grundstücke, insbesondere das alte Bergwerk, überlässt, über den Schmuggel schweigt und dafür Anteile am Gewinn bekommt?"

„Genau der!"

„Warum besteht Ihr darauf, dass es einen solchen gegeben hat? Nach den derzeitigen Belegen wird der Müller am Strang sterben, den falschen Müllerburschen erwartet ein noch härteres Schicksal. Der Kaufmann wird an den Pranger gestellt werden und eine empfindliche Geldbuße erhalten. Meint Ihr nicht, dass damit der

Gerechtigkeit Genüge getan wird? Warum wollt Ihr den Kurfürsten mit hineinziehen? Selbst wenn es
Beweise gäbe, hat der Kurfürst nie gewollt, dass jemand Schaden nimmt. Hat er nicht sofort Euch, seinen besten Mann, nach Schriesheim gesandt, nachdem er von dem Mord gehört hatte? Ihm war sehr an der Aufklärung des Falles gelegen."

„Wahrscheinlich wusste er noch nicht einmal, dass ein Zusammenhang besteht, so wenig hat er sich um seine Geschäfte gekümmert."

„Werdet nicht zynisch! Beantwortet meine Frage!"

„Er hat sich an seinen Untergebenen, die ihm vertraut haben, um eitlen Geldes willen schuldig gemacht. Die Winzer in Schriesheim und in der ganzen Kurpfalz nehmen sehr wohl Schaden, wenn Apfelwein ins Land geschmuggelt wird. Er hat dem Schmuggel tatenlos zugesehen und sich daran bereichert. Auch er trägt Schuld am Tod der Kinder und des Ratsherrn. Das muss bestraft werden, auch wenn er der Kurfürst ist."

„Constantin von Blankenhagen, Ihr seid ein kluger Mann. Euch muss doch klar sein, dass Ihr die Anschuldigungen nicht durchsetzen könnt, wenn die Beweise, von denen Ihr sprecht, nicht aufzufinden sind."

„Ich lüge nicht!“

„Das glaube ich Euch, Eure Aufrichtigkeit ist unbestritten. Aber ohne Beweise … Ihr seid ein kluger Mann … Ihr wollt im Sommer heiraten? Was würde Eure Braut sagen, wenn Ihr nicht mehr nach Hause kommen würdet? Was Eure stets besorgte Mutter? Was Euer Vater, der so stolz auf Euch ist? Was würden sie sagen, wenn Ihr einen schrecklichen, ehrlosen Tod erleiden müsstet; als Verräter auf ein Rad gespannt?“

„Bin ich jetzt der Angeklagte? Was wollt Ihr mir vorwerfen? Ihr habt nichts gegen mich in der Hand!“

„Seid Ihr sicher? … Ihr wohnt wieder in der ‚Sonne‘? Ihr werdet in Eurem Zimmer unter Arrest gestellt, damit Ihr Zeit habt, nachzudenken. Ich werde Euch eine Abschrift des Protokolls zukommen lassen. Ihr solltet es noch einmal gründlich studieren. Morgen früh könnt Ihr dann mitteilen, ob Ihr bezüglich des Kurfürsten bei Eurer Aussage bleibt oder sie widerruft! Noch wissen wenige von den Geschehnissen, die meisten denken, Ihr würdet um Eurer Wunde willen dem Dienst fern bleiben. Noch können wir alles geheim halten. Euch wurde schon manches Mal eine große, ehrenvolle Zukunft vorausgesagt.

Ihr könnt wieder in all Eure Ämter eingesetzt werden. Ehre oder Tod, Ihr habt die Wahl …"

„Was wäre meine Ehre noch wert, wenn ich jetzt widerrufen würde?"

„Ihr seid noch jung, Constantin von Blankenhagen. Ihr müsst noch viel lernen. Auch, dass es sich der Kaiser in politisch unruhigen Zeiten nicht leisten kann, einen seiner höchsten Fürsten zu verurteilen … Was gelten da die Befindlichkeiten eines Einzelnen …"

Ich sortiere noch einmal die Seiten. Ein No-
tizzettel fällt heraus. Vergilbtes Papier, doch
nicht ganz so alt wie das Dokument.

‚Alle Schriftstücke, die mit dem Fall des Kurfürsten in Zusammenhang stehen, wurden ver-
nichtet und mit ihnen die Erinnerung. Constantin
von Blankenhagen schaffte es, diese Abschrift der
Anhörung zu retten. Er quittierte den Dienst beim
Kurfürsten und zog sich auf das Landgut der
Familie zurück. Zeit seines Lebens zweifelte er
immer wieder, ob die Entscheidung, zu widerrufen, richtig gewesen war. Fast dreihundert Jahre
wurde diese Abschrift im Geheimen gehütet,
dann schenkte sie die Familie derer von Blankenhagen Schriesheim'

Der letzte Punkt, das letzte Anführungszei-
chen. Ich lehne mich zurück und blicke auf die
Uhr. Fast zwei Stunden war ich beschäftigt gewe-
sen. Ich habe nicht bemerkt, wie schnell die Zeit
vergangen ist. Es scheint fast unglaublich. Mein
Blick fällt auf den Papierkorb, die Zeitung. Die
Menschen haben sich in all den Jahrhunderten

*nicht geändert. Vorsichtig lege ich die alten
Handschriften wieder zurück in die Mappe,*

*verschnüre sie sorgfältig. Dann genieße ich die
letzten Schlückchen Wein. Glücklicherweise gibt
es viel Gutes im Leben, damals wie heute. Ich
hoffe, Constantin von Blankenhagen hat das noch
erleben dürfen.*

Wissenswertes

Alle Personen der Geschichte sind frei erfunden – Ähnlichkeiten mit Lebenden sind rein zufällig und nicht beabsichtigt. Auch über illegale Verträge und Absprachen zwischen einem Heidelberger Kurfürsten und einem Frankfurter Kaufmann ist nichts bekannt. Und dass ein Bierbrauer aus dem Mossautal sich in Schriesheim angesiedelt hat, ist eher unwahrscheinlich. ;-)

Was aber den Tatsachen entspricht, sind die Schauplätze.

Schriesheim, ca. 10 km nördlich von Heidelberg gelegen, wurde um 1240 als Stadt gegründet. Nach einer Fehde der pfälzischen Kurfürsten wurde sie degradiert, die Mauer geschliffen – und doch wurde Schriesheim nicht einfach ein Dorf, es behielt einen Sonderstatus, der u.a. Marktrechte und auch einen Schultheißen (Bürgermeister), der jetzt allerdings vom Heidelberger Kurfürsten von der Pfalz eingesetzt wurde (und diesem gegenüber Rechenschaft ablegen musste), beinhaltete. (Inzwischen haben wir unsere Stadtrechte aber wieder)

Damals, so haben wir schon in der Grundschule gelernt, war Schriesheim durch die drei „W" sehr wohlhabend; der Wein, das Wasser des Kanzelbaches, das mehrere Mühlen im Tal zwischen Ölberg und Branich antrieb, und das weit ausgedehnte Waldgebiet.

Fazit: Die Geschichte ist so nicht passiert, aber wenn, dann hätte es durchaus so sein können. ;-)

Das ehemalige Gasthaus zur Sonne
Ecke Heidelberger Straße - Kirchstraße

Das alte Rathaus

(okay, ich gestehe, es wurde erst etwa 100
Jahre nach Constantin erbaut, aber es steht an der
Stelle, an der das Vorgängerrathaus war – und es
könnte durchaus so ausgesehen haben)

Die historische Ölmühle
gegenüber befand sich das Badhaus

Über die Autorin

Geboren 1971 in Heidelberg, nach wenigen Tagen aus dem Krankenhaus nach Schriesheim übergesiedelt und bis heute dort wohnhaft. Einen langweiligen, aber "ordentlichen" Beruf erlernt, doch nie aufgehört, sich Geschichten zu erträumen und aufzuschreiben, so die Kurzfassung.

Von 2007 - 2010 absolvierte Monja Schneider die "Große Schule des Schreibens" an der Hamburger Akademie für Fernstudien und legte damit die Grundlage für ihre schriftstellerische Tätigkeit..

'Lieber Rotwein als tot sein' war ihre erste Veröffentlichung und erschien 2009 in einer Anthologie.

Ihr erster Roman 'Rabenschwester' wurde 2014 im Machandel-Verlag veröffentlicht.

Weitere Veröffentlichungen folgten.

Wer mehr erfahren möchte:

www.monja-schneider.de